小詩磨坊

菲華卷 ❶

PHILIPPINES

心受、林煥彰
主編

玩小詩，建立小詩的新美學

——《小詩磨坊》菲華卷（1）

林煥彰

一

2020，新年，很開心，看到菲華詩友組成「小詩磨坊」，並且很快推出第一輯；這是一個很好的開始，而且選在2020年年初出版，我在這裡先祝賀他們，並希望他們能夠年年出版，帶動菲華詩壇能長期關注、看重六行（含以內）小詩的發展。

這本《小詩磨坊：菲華卷（1）》，實際主編是菲華女詩人心受老師，由她做了實際的聯繫與編務工作，她要我掛名共同主編，我沒有推辭，很榮幸沾了她的光，同時也感謝她贊同我提倡六行小詩的寫作理念。

「玩小詩」，我的最大目的，旨在追求創新；詩，本來就是很在意創新的一種獨特的文類。小詩，我個人的詩觀，是訂在八行以內，含六行；這只是就篇幅來說，但就詩的內在本質，它是不變的；它所需要的，詩該有的質素——暗示性、想像空間，以及繪畫性、音樂性、節奏感和意境，都是我們努力要去追求的。

二

　　菲華小詩磨坊的成員，包括：小鈞（陳曉鈞）、王仲煌、心受（洪美琴）、立凡（許培竹）、卓培林、施文志、溫陵氏（傅成權）、椰子（陳嘉獎）、綠萍（蔡秀潤）、吳梓瑜、劍客（蔡友銘）、靜銘（蔡孝閩）、蘇榮超等十三位，這是很難得的志同道合的大結合；他們有資深的名家，也有中青代優秀詩人，老中青都有，就是最佳的組合；詩本就是需要傳承，一代一代、不論哪個世代、哪個地區，都需要傳承，我們是大中華民族，自古就是一個詩的民族；詩在大中華文化當中，是從不中斷的，而小詩也可稱之為中華文化的優良傳統之一。

三

　　詩是有無限存在的可能，小詩是我們中華文化詩學中的優良傳統之一；小詩的新美學的建立，六行含六行以內，我們追求的不只是一種形式，六行小詩可以做到分段的各種不同形式的變化，六行三段式的作品，就有下列各種分段形式，例如：222、141、231、123、312、213等等，視其主題內容情境需要，靈活的做不同形式的表現；小詩的分段，不僅不可忽略，實際是要認真講究其藝術性的存在價值。

　　詩是真摯的情意、情感、情緒、思想、知識、智慧……的心靈表現。

四

　　六行小詩的緣起，是個人2003年元月，在泰國、印尼《世界日報》副刊主編任內提出的構想，希望在泰國、印尼開始，藉報紙媒體的傳播方便，開闢專欄「刊頭詩365」，每天刊登一首小詩，同時公開徵稿。2006年7月，我和泰華詩人曾心邀集曼谷詩友，成立「小詩磨坊」；成員包括：嶺南人、曾心、林煥彰、博夫、今石、楊玲、苦覺、藍燄，共八位；因為我是唯一境外的，不在曼谷，所以我們開始自稱「7＋1」。

　　目前，我們已有十三位同仁；自2007年7月，出版第一本合輯起，至今一直沒有中斷，去年九月已出版第十三輯。我個人非常希望，菲華詩友，個人在創作上，不斷求新求變，不斷精進；「小詩磨坊」的運作，也能堅持發揮永續發展的精神……

　　　　　　　　（2020.01.05/06：47 研究苑）

目次

小　　鈞卷

王仲煌卷

心　　受卷

❀ 目次 ❀

立　凡卷

卓培林卷

施文志卷

溫陵氏卷

椰　子卷

綠　萍卷

目次

蒲公英卷

劍　客卷

静　銘卷

蘇榮超卷

小　　鈞卷

陳曉鈞（筆名小鈞）。1964年生於福建晉江，1984年移居菲律賓。
1989年加入千島詩社，曾任第8屆社長，現任榮譽社長。2005至2007
年擔任「旅菲各校友會聯合會」第5屆主席，任職期間發起「扎根與融
合」為主題的全菲徵文比賽，並促成徵文作品結集出版，書名《扎根與
融合》。

詩觀

圍城詩夜，留下空隙的光。

沙子

沒有顏色之分
沒有體形之別

我們親密無間
以海為家

青苔

忍受衝擊
仍然蔓延

依附著
亮綠

珍珠

　　貝殼內
　　一點一滴
　　默默長成
　　淚珠

螢火蟲

　　短暫的一生
　　有一份熱
　　發一份光
　　挑戰黑暗

蟬

夏天是寂寞季節
悄悄地爬上樹

脫禪
輪迴

蜘蛛

默默編織
歲月
八掛陣

我們的互聯網

SAMPAL0K[1]

形象曲線美
青澀的酸
豐滿的甜
現實如生活

---

[1] Sampalok（菲律賓文），為東南亞國家盛產的一種水果，是菲國名菜
酸湯的最佳佐料，成熟時可做糖果。

椰子

堅韌的體魄
潔白的心房
清甜的奶汁

親如母親！

影子

夏天
蚊子也中暑了

在放學的路上
跟隨父親走
父親問：熱嗎？
兒子說：涼快！

書簽

夾在書裡
猶如秒針
卡住記憶
指出歲月

蔭影

不一樣樹的影
有不一樣的樹蔭
有影有蔭的
不止是一棵樹

守望

分岔的路
面對
人多　人少
遠方在望

照亮黑暗

星星眨眼
月亮圓曲

黎明前
照亮黑暗

雲

歡悅的雲
輕輕飄過
在冷風恣意的季節
深深灑落

雨

雲朵思凡
悲喜的淚珠

友朋

沙灘的酒吧
議論著古往今來
有的高談闊論
有的輕描淡述
偶爾寂靜
各自眺望大海與天空

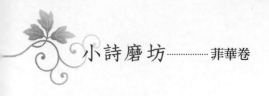
鏡裡鏡外

桌子伸進鏡裡
鏡裡沒有我
現實的影子
穿越了時空

海風吹

人海
漂流

詩在腦海揚帆
八面來風

小
鈞
卷

王仲煌卷

王仲煌，1973年出生，祖籍福建晉江，童年移居菲律賓馬尼拉，1990起於菲華各華文報副刊發表現代詩及散文，2002年在《世界日報》廣場參與時評政論，也於《潮流》雜誌、《菲律賓商報》與《菲律賓華報》撰寫過【葵花夜話】、【拈花微言】、【無糖咖啡】等專欄。曾任《千島詩刊》主編，現任千島詩社社長。著有詩集《漸變了臉色的夢》、文選《拈花微言》。

詩觀

現代詩，乃是無法言說的情境，以文字言傳的途徑。

Hidden Valley仰泳紀事

我知足地找到
兩眼一閉
雙腿一蹬
又一蹬
的方式

浪花

是童年的我們
仍在彼岸
忙著擷取日光
打來成群結隊的
水漂

淚

千辛萬苦

我的確找到

山谷裏，一座寧靜的湖泊

此刻突然

從我眼角

流出

盆栽

它們立足於

一塊小小的土壤

根鬚糾結了

枝葉伸展

向沒有土地的空處

王仲煌卷

美麗的風景

我想訴說
酸甜苦辣，悲歡離合
這美麗的風景
凝神靜聽
又微微一笑

百年，竟過去了

向日葵

孤獨的，摹擬起
孤獨的，夥伴們

仰望著，掛念著
仰望著，的影子

夜空眼神

浮沉
於年輪
仍願你看到
安詳的
天宇

韶光

日出
向？投擲
漸變了臉色的
夢

太極謠

月的
開啟裏關暗
四海一家的
燈

我的咖啡

平淡　苦澀　甜蜜　芬芳
開水　咖啡　白糖　乳脂

我的咖啡已經不加糖
因為那最是不堪回味

我的家——聽騰格爾的天堂

蒼茫在擊鼓

那鷹又起飛了
每一下振翅都
向著
天堂

歸家

時間

時間是位整容師
我愛的你已然不在
我除了移情別戀
愛上今天的你
又怎能不思舊愛

王仲煌卷

車上

我按下窗傾聽
這是鄉音呢或者離歌

一不小心
滿頭華髮
被風掠奪
飄盪了八千里

忘

化為雲
焰火已成灰

閒雲愛上大海
獻出自己

從此百轉千回
了無痕跡

吹吹風

伸展兩臂
把自己掛到天空

一下二下三下
鞭打我的
不是風
是遠方的海

心　受卷

本名洪美琴，1973年出生於菲律賓馬尼拉，後移居菲律賓南部，中文教師，大學畢業於怡朗市University of San Agustin，獲商科會計學士銜。作品多為小詩、散文與小說，散見於華文報刊；積極參與文學活動，為東南亞華文詩人筆會理事、菲律賓作家協會南部主任、菲律賓世界日報文藝副刊網絡編輯、菲律賓世界日報文藝副刊「青青草地」專欄作家。

詩觀

詩是美的化身，語言的精髓。

途中

踏上你走過的足跡
尋不到你留下的痕跡

我捎一片回憶
給你

在不知名的路上
放肆地　　想你

重量

思念
在她的背囊裡
細數分離的悲傷

抖落一身的塵埃
卻卸不下
思念的重量

碰觸

我說著東
你聽到了西

我們在錯誤的空間
相互去碰觸

然後撿起
各自的粉身碎骨

夢

凌亂的相思伴著不眠的愁緒
我，像個偷竊的夜行俠
腳步輕盈地來到你夢中
夢中的情景似曾相識
但，當你轉身過來
我便倉促地逃出夢境

夜

披一身星光
唱一首心事
用整夜的失眠來細數過去
不管是悲是喜
獨自回味

網

敞開一張希望的大網
把　親情　愛情　友情　分別
掛了上去

事業　金錢　名利　也一併帶上

我　該站在哪個點上？
方可取得平衡？

雪人

你在冬天裡陪了我一季
我在心裡念了你一輩子

重新再堆積一個吧！　他說
我到處尋找去年的雪　可是
怎樣也堆積不出去年的模樣

在菜園裡工作

抖落一地的汗水
收穫一臉的笑容
累
是晚上睡覺時的
安眠藥

喝

喝過了咖啡
喝過了酒
喝過了甜蜜與苦水

最想念那一杯
白開水

站著

她一直站著
累，站著
睏，站著

站著
用自己的腳

溝通

吱吱，吱吱
一聲，兩聲
懂，是語言
不懂，是叫聲

醒

天一亮
就起床

不願在床上
訓練
死亡

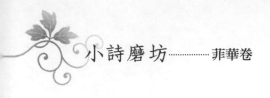

晨

鐘響
雞叫
日出

一天的開始

晚餐

煮一桌夜色
熬一鍋月光
等你回來
細細品嚐

醒

半夜醒來
找不到那雙疲憊的眼睛
夢
還能繼續嗎？
在這不眠的夜晚

道別

在揮手與點頭之間
我們道別
你說
別后就別再聯繫
誰願意在飄渺虛無中
尋找那所謂的真情

心
受
养

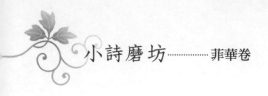

失眠

寫一點東西
看一下書
想一些事情

把失眠的時間都利用上了
就是忘了
再多睡一會

剎那

天即將要黑了
我匆忙拿出相機
趕在紅霞退去前
為你拍了一張照片
沒想到這一刻
竟成了永恆

心受卷

立　凡卷

本名許培竹，中國福建晉江72年人，國內沒啥作品，99年到菲，陸續有
創作，自由寫稿人，作品大都發表在菲律賓世界日報文藝副刊。

詩觀

詩如人生，就像寫生，有感情就有骨架，經過構思醞釀必能引起共鳴！

香港

狹小的廁所
一張床的房間
搖晃著暈暈的腦袋　我刷著牙
努力回想
昨晚說的　各種打折的　時間段
滿腦子都是　地鐵站裡　高跟鞋的跑步聲

泡麵

高溫　使我撐開塑料包裝　渴望　滾燙的　開水
　讓我升華
外面一片的罵聲
抵不過　風卷殘雲後的　一聲飽嗝
我有泡麵你有故事嗎？

無題

很想背一個背包出去流浪
撿幾個單詞文字串成一段溫馨的句子
不用酒精的刺激
不用美色的煽情
寫出的文字　一聞便是
我的　氣息

聲音

深夜摩托急切地
尋找家的方位
鑰匙滴答聲便是一聲安慰
隨著燈光的亮起　是等待的撫慰
點燃煤氣裊裊升起煙霧
是每個晚歸人兒的欣慰

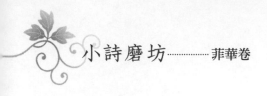

養料

我想我是少了　愛情的
滋潤　才譜寫不出
雋永　的詞句
尋找　不一定適合
湊合　絕對　寫不出
共鳴的　文字

心痛

因為在意　即使
你一句　不在意的　話語
心痛　不期而至
還得　微笑回復你
那是別人的　故事

思鄉

思鄉是　美
回鄉卻是　累
我們思的是　以往
如今　已融入不了
市儈　的社會

哀歌

快樂的心情　寫不出
哀詩　正如寂寞的我
唱不出　歡快的
旋律　一如我在想你
而你不知道　在哪裡

故事

我夢見　我有一支筆　可以寫盡
甜蜜與　快樂
第二天醒來　卻發現　自己在別人的故事裡
結局是悲劇

醉了

我試著用　左右手猜拳　證明我不是一個人
只是
輸贏喝的都是　同一個　杯子

夜了

夜了，你也知道
我　不會超過十點入睡　我也確認過　電量
網路　就　這樣了
又一個　無聊的
冷戰之夜

錯了

錯了
我以為　可以忘記
輾轉　街角
碰巧　街中記憶
或者是　那首歌
又讓我再次　　想你

漁船

深海處的漁船　汽笛聲
依然渾厚悠揚　卻又透著　心酸
又是肥了他人　自己
還　餓著　脊梁

路邊攤

用占據街道一角
換取一家勉強溫飽
於市容的　名義
高額的租金　壓彎了脊梁　卻肥了一班碩鼠
醜惡的　嘴臉

倦怠

倦怠　總是伴隨著
厭煩　討厭重複
卻　每天三點一線
或許　這也是一種安慰
平安平淡　涓涓細流

生活

夜了　有貓在翻垃圾
而我　白天也在翻
生物鏈　都這樣
誰製造了　垃圾
或者　只有有人翻
才能創造　你的價值

尊重

尊重於　無形中
如沐春風　或
霜打茄子
那晚　我便是
茄子　揮刀
斬斷單方面的　尊重

穆斯林的面紗

看不見　你的微笑
只能猜測　眼角蕩漾底下　唇角
的溫存　賢淑著的語調下
隱藏了　多少花一般的　容貌

立凡卷

卓培林卷

卓培林，祖籍泉州南安，菲律賓華僑，從事文具辦公用品百貨批發，商餘寫點小詩，菲律賓千島詩社主要成員，創辦花之林（廈門）文化傳播有限公司，珍藏了中國頂級宋元明清珍貴官窯瓷器，菲律賓以及世界各國百年前珍稀郵票。曾於2019年4月9日至5月9日，在中國廈門市博物館舉辦《菲律賓珍郵展》，菲律賓駐中國傅昕偉總領事、菲律賓文化中心主席黎棻索主席和廈門市相關部門領導人親臨剪綵揭幕，為增進中菲兩國傳統友誼貢獻心力！

詩觀

生活中的點點滴滴皆縕含哲理，用詩的語言，用詩的內涵、張力、餘韻、擴延回味感悟，想像無限……

四季輪迴

春芽夏長
秋
落下滿地彩霞
冬
披著楓葉信箋
跟誰？報春

螢火蟲

夏夜
提著螢火
照亮童年的思路

牽牛花

窗臺下
向上攀爬
窗臺上
用鮮花問好
讓美蔓延

車之安全距離

要
潔身自愛
請勿吻我
避免浴火焚身

紙煙

　　肉體形而下
　　靈魂形而上
　　吞霧吐雲後
　　碎灰入凡塵

影子

　　越靠近光明
　　投射出
　　越巨大的
　　影子

橋

　山與山要溝通
　人與人一樣
　需要心橋相通

時間譜

　秒針
　把跳動的
　生活碎片
　輪迴定格

卓培林卷

佳偶

沒有
山盟
沒有
海誓
不離不棄
是手機

整容

蝕刻
地老天荒
秀
花容春色

形為藝術

每個人的
形象
都是一首
不一樣的詩

風箏

點線兩端
互扯互拉
真想了斷
探究風的盡頭

空隙

起飛
放飛心情
降落
入世懷情

微信

遠隔重洋
無形中
我手握你手
彈指間
天涯咫尺

花開花落

昨天
花開韻事
蜂追蝶戀
今天蔫了
誰看？

冷暖空調機

噓寒問暖
化作春之氣息
惜！電子線路千千條
獨缺感情線
一條

施文志卷

施文志，曾獲1984年「菲華新詩獎」佳作獎，1985年「河廣詩獎」新人獎，1986年《世界日報》文學獎之散文組第二名。著有詩文集《詩文誌》（馬尼拉：王國棟文藝基金會出版，2007年），詩集《解放童年》（臺灣：秀威資訊科技股份有限公司出版，2010年），中菲雙語詩集《解放童年Pinlayang Kamusmusan》（菲律賓：菲律賓華裔青年聯合會出版，2010年），2011年榮獲菲律賓作家聯盟（UMPIL）頒予最高文學獎：菲律賓詩聖描轆沓斯獎。中菲英三語詩集《解放童年》（菲律賓：菲律賓莊茂榮基金會出版，2016年）。

詩觀

人有大人，也有小人。詩有小詩，沒有大詩。

融合

我的肉體
Made in China
我的靈魂
Made in the Philippines

我在時空間
捕捉自己

測字

愛
抽離
一顆心
一個受

人心叵測
身受心法。

春色

窗外的月光
躺在
雙人枕頭上

春光滿室
翻過身來
一夜無夢

戰事

精子與卵子
生命的戰事
陰陽為界
雌雄莫辯

為男為女
百死一生

情書

愛
一個字

兩個人
三個字
我愛你
不多不少

禮物

表面是
謊言的美麗
裡面是
美麗的謊言

我像禮物
送給你們

晚愛

在回頭路上
我一直迷路
那邊是旭陽
這裡是黃昏
終於愛上你

謝謝你！晚安

拉鍊

拉過去
別來無恙
返過來
相對無言

離合悲歡
人生課程

輪迴

一個機械人
走在生命的起源

他們在排隊
等待充電
充值
充感情

放心

心接近
不會小心

把心
放遠一點
不放心
才會細心

隱身術

我
把我的影子
在黑暗中
隱身而去
攀越光明
走過自由

心量

人心
太重要

太重
要
掉以輕心
且持重

故鄉

年年月月日日
時時分分秒秒
像童謠
很鄉愁

啊！歲月
我的故鄉

太極

陰陽二爻
相剋相生
乾坤合一

一陰一陽
相互依偎
一個圓滿

異同

一尾精子
一只卵子
同一卻對比

一男一女
一對一雙
異一卻對稱

早課

讀萬卷書
一頁頁
柴米油鹽醬醋茶
一面面
既是生活
既是哲學

術數

一只只羔羊
或一只羔羊

加減乘除
算術和
一只只原罪
或一只代罪

對比

一陰對一陽
對比
一雌與一雄
對稱

他對比她
對稱你我

溫陵氏卷

溫陵氏，本名傅成權，菲律賓華文作家協會理事、中外散文詩學會會員。已出版詩文集《霧島濤韻》、《過去未來共斟酌》。作品散見於《菲華文學》、《散文詩世界》、《閃小說》、《上海歌詞》、《福建歌聲》、《福建鄉土》、《泉州文學》等雜誌。作品入選《中國散文詩年選》、《中國年度優秀散文詩》、《中國散文詩百年經典》、《世界華文詩歌薈萃》（香港）、《新世紀文藝》（新加坡）、《秋水詩刊》（台灣）等選本。

詩觀

把我們的思維和求索留給後代

粥

一瓢水
澆
一把米
用窮和富
當柴火
熬稠人生

郵票

方寸
譜寫
千古文章
咫尺
傳遞
萬縷真情

火柴

劃亮一粒火種
擎起
世上最小的
火炬
迎來
溫暖和光明

蒲公英

迎著風
瀟灑一身種子
在荒野上　石縫里
憑一股
向上的精神
美化人間

月光

床前的月光

凝結

李白的夢

舉頭　低頭

故鄉的路

在異鄉的月影中

鼠標

沒有生命

卻　活得精采

沒有思維

卻　善解人意

輕輕觸摸

亮出一屏乾坤

走味的家書

鼠標淘汰墨硯
鍵盤取代毛筆
十指彈出的方塊
如何也嚼不出
一撇一奈一豎
用心書寫的味道

故鄉

故鄉真大
大到能容納
思念

鄉思

鐫刻在古都的脊樑
書寫在老屋的苔瓦
塵封在歲月的皺褶
不敢觸摸
就怕，鄉思
決堤

童眞

真和實
是一絲不掛的
當童真
逝去
就有了
遮羞布

無題

溫一壺老酒

笑看流水

摘春花秋月

作餌，靜靜地

垂釣

清風白雲

與天地同醉

邀落日乾杯

將黃昏溶入酒裡

把曾經歲月的

朝朝暮暮

託付給晚霞

與天地同醉

溫陵氏卷

為你綻放

白鷺邂逅翠荷
梵音滲透暗香
遺下相思
把情愫沉入水底
蓮花因你來，而
綻放

心上的情人

妳是我詩中的女神
我是妳讀詩的背影
輾過春夏秋冬
轉身，已是
下輩子

追夢

浪花激情擁吻
沙灘上的腳印
用一世的時光
在沒有冬季的海
追尋春天的夢

甜蜜的復仇

密封
你的甜言蜜語
在酒瓶裡

老掉牙，再
獨酌

一聲祝福

長歌在短句裡
微醺尤勝酪酊
在旅途中有酒有詩
就有，嚮往的遠方
一聲祝福，把秋冬
溫暖成春天

又見炊煙

又見炊煙
母親已走遠
竈台上的香甜
成了人間絕版
膛火熊熊，傳來
母親笑聲朗朗

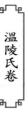

溫陵氏卷

椰　子卷

椰子，本名陳嘉獎，籍貫福建晉江。現任菲律賓千島詩社副社長，菲律賓華文作家協會副會長，菲律賓文心社副社長，東南亞華文詩人筆會會員。

詩觀

寫詩如挖礦，即使掘地三尺，也未必有所尋獲。好詩如美玉，可遇不可求。

開沙丁魚罐頭

呼　發自壓縮的氣體
鐵皮裂開了口
腥味撲鼻

欲火如網
一次次的圍剿
無從逃脫

歲末

群山之上
日子如浮雲千軍萬馬般躍過
沒有一朵稍作歇息

筆尖之下
命運的河流潺潺流動
主人公只願偷得半日閒

敗露

墜落路面的急雨
灌進下水道
又從遠處的社區冒上來

之間的窟窿
了無波瀾而款款相通

生路

昨晚　一隻誤闖入門的飛蛾
經過整夜無頭的狂突
在我倦意漸濃而跌落夢境時
它覺察到黎明的曙光
剎那間奪窗而出

初見霧霾

　　從赤道的藍天降落北國的莽原
　　一場刺骨的寒風剛剛來過
　　高速公路掠過光禿禿的樹幹
　　整個下午為太陽環繞
　　可那些往常的光芒
　　就像有一層塑料薄膜包裹著

書簽

　　一片香山紅葉
　　在色衰香殘前
　　被塑壓成型
　　如同曾經的萌動
　　那樣凝固

馬尼拉觀日落

黃昏　一道算術題
歲月是橡皮
不停地拭擦
天邊的色澤
只留下黑白
給自己的夜

都市

濃煙
裝扮成彩雲

害飛鳥
迷失歸途

芒果干

一張燙金的名片
印著philippines
銷售
那美麗與哀愁

漢字

再浩瀚的辭海
也未曾喚醒
一個古老的文字
唯有象形的天空
日月星辰呈生機
隨手可及

唐人街

牌樓的巍峨
昭示城的由來
每一塊路磚
都踩過祖輩的追尋

過客匆匆
石獅無語

線索

自中原
放風箏

漂泊時
丟了線頭

一根長長的離愁

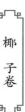

椰
子
卷

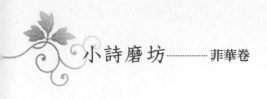
鬥雞

一把利喙
爭鋒對陣

兩面旗子
搖來晃去

國運

命運　在手掌
刻下些紋路
如同滄海
劃開兩岸
一道深深的溝壑

難道就無從彌合

拆遷

動虎鉗
拔掉
老地方的釘子

番薯

青春尚未成形
早已羞紅了臉
雀斑點點　更顯妖嬈
白皙的肌膚
只獻給愛人
初吻　熱烈如夏

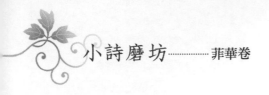
見面

暴雨過後
洗過的寧靜
她來看我
身披雲裳
風之細碎
如初次的約會

初戀

回眸間
太陽升起的臉龐
左一個漩渦
右一個漩渦
愛情　就始於
這深深的迴旋

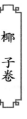
椰
子
卷

綠　萍卷

蔡秀潤，筆名紫雲，綠萍，華裔菲人，中文肄業於菲律賓中正學院文史教育系，英文畢業於遠東大學商科貿易系。辛墾文藝社基本社員，曾任該社主任、編輯、社長等職；菲律賓華文作家協會理事、亞洲華文作家協會會員。作品曾入選《辛採集》、《辛墾集》、《茉莉花串》、《菲華散文選》、《玫瑰與坦克》、《綠帆十二葉》、《中華散文選篇賞析辭典》、《薪傳十年》、《第十屆亞細安華文文藝營散文集》、《菲華微型小說集》、《菲華圖文誌》；與幽蘭、秋笛、晨夢子聯合出版《秋雲幽夢》。

詩觀

詩像一座挖不完的寶藏／詩是一幅抽象畫，美麗卻摸不著它的寓意／詩像一杯濃咖啡，越攪味道越香／每一粒細沙都是一首詩

小草

我已忍辱了數百年
依然活著
我的名字是
華僑

岷灣

晨運者　比比劃劃
用手推掉
一個滿身病態的社會

海

竹椇把海裁成兩半
傷痕累累的海姑娘
等待回敬人類
威力更大的TSUNAMI

公園

小草軟軟
小蟲彎彎
手推車中的嬰兒
像一顆紅透了的大蘋果

蒼蠅

只為了貪圖
一點點的甜
甘冒肝腸斷裂
血肉模糊的危險

日月潭

潭影
您可載得動
這些
找不到家的流雲

元宵

故鄉的明月
雖移千島
但祇在福祿壽的瓷碗中
載浮載沉
任人品嚐

搬家

該取捨的
是一堆回憶與無奈
卻留下了
滿屋的悲、歡、離、合

花

爭艷的日子
被歲月趕出門
我站在門外
期盼她再次綻放

路

驀然回首
來時路
已佈滿光陰的
流沙

醫院

生與死
悲與樂
該來的
請攤開手
該去的　且放下
讓靈魂安息

風中的黃昏

為黃昏餞行
枯枝在風中顫抖
搖落了多少
殖民地的哀傷

流浪

　　背起叛逆的十字架
　　永無休止地
　　浪跡天涯

燈下

　　夜行人
　　拖著自己的生命
　　匆匆
　　趕路

針線

　　五色線
　　隨著針尖
　　走遍
　　錦鏽河山
　　留下
　　歷史的片段

尋

　　叮嚀化成
　　萬點星星
　　在月圓之夜
　　尋找那段
　　未竟的誓言

秋冬

秋葉
留不住心中的
惆悵
冬雪
冰凍了塵世的
哀傷

陽明山

繁花辭別了秋天
一個不該來的季節
讓我
找不到昨日的流雲

綠萍卷

蒲公英卷

吳梓瑜生於1948年，筆名蒲公英、老吳，六十年代開始寫作，曾獲1969年菲律賓《大中華日報》舉辦五十八年度菲華青年小說創作比賽佳作獎。1986年《世界日報》文學評獎散文組佳作獎，以及新詩組佳作獎。2002亞細安文藝營文藝獎。出版詩集《四十季度》、《我是蒲公英》，雜文集《公英閣小札》，主編《讓德文選》：在菲律賓《商報》寫「公英閣小札」，以老吳筆名寫「老吳專欄」。

詩觀

寫詩說難是真難，但我卻認為你把心中的文字寫出來，讓人讀懂，讓愛詩的人說：這是一首詩。那就是一首詩。

綠

我懷念那一片沁人心扉的綠
腳踩過去
笑飛過去
那一片含羞答答的綠

愛情

斑駁銹給誰看
芳華舞給誰夢
繽紛絢給誰燦
愛情　只有念想知道

夕陽

夕陽西下
我與我的影子對飲
飲滿盅晚霞
酌彩色人生

一瞥──給老伴

短是無限的長
壹是無量的量
那一瞥
是一生一世永生永世的眷戀

閱報

早晨
展開頁頁血腥
黑咖啡硝烟很濃
字裡行間滴下一顆晶瑩的淚

永恆

當永恆與永恆碰撞
碰出輪迴的火花
當夕暉燃燼了青春
留下迴光反照的絕美

痛——清明憶亡兒

飲一盅青青的愁
酩酊復酩酊

痛

醉不倒揮不掉趕不走摘不掉

山城

災後雨中
一派不著天際的茫茫
天譴後的餘悸
紅花綠草似乎稍微遜色了

松濤綠茵還是
如斯的美下去

無韻的歌

晚霞流金
流走了一個甲子
都怪臉書多事
跳出一個回憶
耳邊響起無韻的歌
眼簾昇起粉紅色的霧

中秋

年年中秋今又中秋
賞一輪新月
異邦的月餅不夠秋意

眼看刀勿動
分割離異的月餅
怎像中秋

一瓣心香

怎樣背也背不熟的波羅蜜多心經
心一片空靈
背或不背熟或不熟
一切皆空

無題

把自由還給天空
把歸鳥囚禁牢籠
把勳章授予叛徒

賣國萬歲響徹雲霄

後記：香港恐怖暴動，有感記之。

又要寫詩了

又要寫詩了
都過了詩的年華
七十多年的風風雨雨
是一首詩嗎？

青春

腳渡著腳
方步邁著方步
白髮品味著生命

青春啊！你流向何方

托缽

小手捧起三千大千世界
托滿鉢童真
滿懷恆河沙數的慈悲
步佛陀的腳印向前

後記：見緬甸兒童，八歲就可出家，沿門托鉢化緣有感。

劍　客卷

劍客，本名蔡友銘，出生於1977年，是菲律賓土生土長的第三代華裔，中學畢業於菲律賓中正學院，大學畢業於馬波亞工專學院工業工程系，曾任加拿大多倫多《明報》新聞編輯、菲律賓《菲龍網》總編輯、馬尼拉華文記者會會長，加拿大安省菲律賓記者會會員、菲律賓中華研究學會終身會員、菲律賓華文作家協會會員、辛墾文藝社會員、千島詩社會員，現任菲律賓《商報》副總編輯。在《商報》開闢有「想到寫到」專欄。

詩觀

詩的意境撲朔迷離，看起來不知所云。但恰恰是這種意境，能展現詩的藝術和美感，讓讀者發揮無限的想像空間。

茵萊湖

我是棲息在
茵萊湖上的水鳥
隨著小舟划過的水波飄動
午後的陽光
映在湖面上
照出我內心的蕩漾

寫稿

歪歪斜斜爬在稿紙上
文字如一群螞蟻
搬運著
傳承的文化

孤舟漁翁[1]

（一）

左邊的山麓

右岸的椰林

夾著茵萊湖中孤舟的漁翁

右腳划槳

雙手撒網

撈起了歲月的滄桑

（二）

茵萊湖中孤舟的漁翁

右腳划槳　雙手撒網

撈起了歲月的滄桑

---

[1] 作於緬甸茵萊湖中央

戰爭

戰場上
千軍萬馬
奔向
生命的開始

馬車

王彬街[2]
馬車滴答聲
敲醒了城市
忙碌的
繁華如夢

---

[2] 王彬街是馬尼拉華人區主要街道。

聖誕

（一）

馬槽中
一聲啼哭
洗盡了
人間罪惡

（二）

兩千年前
星光刺破黑夜
嬰兒的啼哭聲
拯救了世間萬民

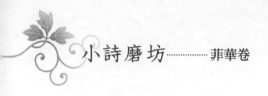

紅包

深深的情意
承載著
節日的祝福

艷紅的外衣
等待著被拆封
驚喜的一刻

手電筒

向上一推
鋒芒畢露

向下一推
回歸黑暗

兵馬俑

（一）

千軍萬馬
守秦皇千秋萬載
鋤頭掘地三尺
挖出一堆
歷史碎片

（二）

沉睡千年
滄海桑田
改變不了
迷人的色彩

石頭

（一）

路上的石頭
承載著
千萬人的腳步
圓滑了
無法回到
曾經的純樸

（二）

路上的石頭
承載著
千萬年的腳印
歲月了
難覓回去
曾經的孤獨

世代

人類文明
浩瀚大海
洗不盡
垃圾

城市發展
茂密森林
擋不了
砍伐

曱甴

億萬年的生物
頑強又生生不息
終難敵手中
一雙塑膠拖鞋

喪屍

（一）

親情友情愛情
已不再存在
靈魂盡碎
血肉為生
塵世虛華
與我無關

（二）

人類的歲月
一去不復返
不死的詛咒
食腦而生
等待的是
末日審判

劍

客
卷

靜　　銘卷

蔡孝閩，祖籍福建晉江，1941年出生於馬尼拉，筆名：靜銘，馬波亞機械工程學士。辛墾文藝社創社元老，學林、岷江詩社、瀛寰詩社會員。作品散見於菲律賓商報、世界日報、聯合日報。作品曾入選《世界情詩選集》、《菲華文壇》、《辛採集》、《辛墾集》、《菲華圖文誌》、《葡萄園詩刊》、《南洋商報》等。擔任商報記者、編輯、執行副總編輯數十年。現從商。

詩觀

詩人像小螃蟹，半夜才爬出來找月姐談心。
詩像海水，有海水的地方就有詩。
詩像一道風景線，遠在天邊，近在心坎裡。

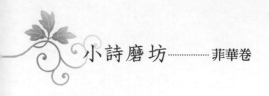

釣

我把魚餌
用力拋向遠方
坐待著
茫茫人海
誰會上鈎

螞蟻

排成一行一行
出國遠去
帶回來
好萊塢文化

白蟻

整座大廈
都被蝕空
唯一啃不下的
是孔夫子的軀體

寒冬

走進圖書館
又冷又濕
全身發抖
我竟闖入了
文化的寒冬

對酌

攜一壺酒
邀李白共飲
月光下
醉倒了四人

黃昏

夕陽
提著滿籃的黃橙歸去
我仍坐在茜草上
竊聽花葉的絮語
花語輕輕　葉語輕輕

沉思

我是一棵喜歡沉思的樹
一株愛詩的
小黃菊
開門　不見東籬
抬頭　不見南山

芒鞋

我是專推月下門的方僧
走慣窮途末路的
一雙芒鞋
推門　不見佛
上山　不見山

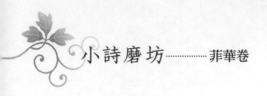

小城故事

地方太小
容不下
第三顆心

廚師

掌勺近七年
烹小菜如治大國
酸鹹苦辣甜

年華

平安夜
我把一盒發霉的歲月
用鮮艷的彩紙包好
贈給門外討年禮的兒童
於是，我送走了青春
　　　青春也送走了我

倒影

在水中歪曲
在水中發抖
瞧！
我擁有一湖液體的天
　　　一座貧血的城市

獨木橋

孩子
誰扶你走過
泥濘坎坷的路
腳下
是獨木鋪成的世界

剪影

剪一個我　剪一隻孔雀
昂首闊步　走遍天涯
問你：何時開屏？

老樹

你站在那裡
呆望著
散落地下的脈搏
歪斜向上的十指
以及風乾的歲月

功夫

倚天劍　屠龍刀
青龍偃月
丈八蛇矛
都打不過
我的圓珠筆

麵包

　　蒼蠅　蟑螂　老鼠
　　都是我的朋友
　　師傅像嚴父
　　把我拉扯大

戀愛

　　公園很大
　　唯一留戀的
　　是這張長椅
　　和髮香

静銘卷

蘇榮超卷

蘇榮超，福建省晉江市人。出生於香港。童年移民菲律賓。畢業於菲律賓聖道湯瑪斯大學。

作品散見菲華及海內外報章雜誌。現任東南亞華文詩人筆會理事、菲律賓千島詩社副社長，並於菲律賓世界日報開闢文藝專欄「網絡人生」。

著有詩文集《都市情緣》一書。

詩觀

詩是主觀的呈現亦是客觀的感受。在嘗試解讀一首詩的同時，感受它的溫度和呼吸脈動，還原它堅韌的生命力。

法外殺戮[1]

（定義一）

一個杯子忽然間被摔壞了

沒有經過公正的裁決
它被標籤為一個
極度頹廢
且扭曲構建的杯子

血和正義流了一地

（定義二）

突然被摔壞的杯子
大家心中明白

正義戴著司法的面具
四處招搖

毒癮和喪盡天良
流了一地

---

[1] 反對派攻擊及批評老杜的掃毒戰爭不過是一場「法外殺戮」。

（定義三）

　　杯子被摔壞了

　　沒有人知道原因

　　恐慌流了一地

手電筒

　　按下感情

　　溫暖便源源不斷

　　縱然相思盲目

　　唯我

　　慧眼獨具

　　在坎坷情路綻放光明

白髮

所有秋都已枯萎
只剩幾張暮色
掛在蒼茫的天涯

遠方忽然傳來近況
一團憂慮
埋伏在歲月裡飄雪

分手

臨別的時候
我們都不說話
推開感情像推開門
你帶走一室笑語

美麗一旦破裂
愛情便不知所措

拳擊賽

一場人體的爆裂
在撞擊與生俱來的
靈敏度邊緣
擦出火花

當鐘聲成為信仰
所有柔弱便被瞬間ＫＯ

落日

黃昏接近天涯
一顆浪漫訴說著驚喜
天地線下隱藏誰的愛意
紅紅嬌羞紅紅笑臉
美的盡頭
有一句嘆息

佛系

可以
都行
沒所謂

無慾無求的青春
攜帶著夢
隨意飄揚

人間

不要俗世璀璨
就畫赤心柔情

彩筆
走過鼓噪歲月
替人間彈奏
懇切的樂章

鬥雞

不停燃燒
讓激活的怒火
蔓延至草根

一群嗜血的爭鳴
叫破
晨光

剁手黨

剁掉又再生
生成再剁掉
循壞往復

這隻不死的誘惑
一直隱藏在
我們心中

炒飯

將隔夜夢幻
昇華為今日的
溫柔
味蕾邊緣
一碟不朽的
揚州

白米飯

放下柔軟身段
靜靜
守候日子
一株不屈的辛苦
成就
溫馨

稀飯

稀有日子裡
每一粒黏稠的
靈魂
都是
優雅瓊漿

神奇的腐朽

方塊字

剪不斷的情深
在繁複與簡約之間
種植美麗
一株不死的倉頡

中國結

糾纏不休的舊夢

開遍異鄉

站成一道秀麗江山

誰人可解

馬車

踩著昨天的夢

在異域生根

本是馳騁疆場的驕縱

於今成就另類風景

語言文學類　PG2370　秀詩人69

小詩磨坊
——菲華卷（1）

主　　編／心　受、林煥彰
插　　畫／林煥彰
責任編輯／洪聖翔
圖文排版／林宛榆
封面設計／王嵩賀

發 行 人／宋政坤
法律顧問／毛國樑　律師
出版發行／秀威資訊科技股份有限公司
　　　　　114台北市內湖區瑞光路76巷65號1樓
　　　　　電話：+886-2-2796-3638　傳真：+886-2-2796-1377
　　　　　http://www.showwe.com.tw
劃撥帳號／19563868　戶名：秀威資訊科技股份有限公司
　　　　　讀者服務信箱：service@showwe.com.tw
展售門市／國家書店（松江門市）
　　　　　104台北市中山區松江路209號1樓
　　　　　電話：+886-2-2518-0207　傳真：+886-2-2518-0778
網路訂購／秀威網路書店：https://store.showwe.tw
　　　　　國家網路書店：https://www.govbooks.com.tw

2020年3月　BOD一版
定價：240元
版權所有　翻印必究
本書如有缺頁、破損或裝訂錯誤，請寄回更換

國家圖書館出版品預行編目

小詩磨坊. 菲華卷(1) / 心受, 林煥彰主編. --
一版. -- 臺北市：秀威資訊科技, 2020.3
　　面；　公分. -- (語言文學類) (秀詩人)
BOD版
ISBN 978-986-326-768-3(平裝)

868.651　　　　　　　　　108021593

讀 者 回 函 卡

感謝您購買本書，為提升服務品質，請填妥以下資料，將讀者回函卡直接寄回或傳真本公司，收到您的寶貴意見後，我們會收藏記錄及檢討，謝謝！
如您需要了解本公司最新出版書目、購書優惠或企劃活動，歡迎您上網查詢或下載相關資料：http:// www.showwe.com.tw

您購買的書名：＿＿＿＿＿＿＿＿＿＿＿＿＿＿＿＿＿＿＿＿＿＿＿＿

出生日期：＿＿＿＿＿年＿＿＿＿＿月＿＿＿＿＿日

學歷：□高中 (含) 以下　　□大專　　□研究所 (含) 以上

職業：□製造業　□金融業　□資訊業　□軍警　□傳播業　□自由業
　　　□服務業　□公務員　□教職　　□學生　□家管　　□其它＿＿＿

購書地點：□網路書店　□實體書店　□書展　□郵購　□贈閱　□其他

您從何得知本書的消息？

　□網路書店　□實體書店　□網路搜尋　□電子報　□書訊　□雜誌
　□傳播媒體　□親友推薦　□網站推薦　□部落格　□其他＿＿＿＿＿＿

您對本書的評價：(請填代號　1.非常滿意　2.滿意　3.尚可　4.再改進)

　封面設計＿＿＿　版面編排＿＿＿　內容＿＿＿　文／譯筆＿＿＿　價格＿＿＿

讀完書後您覺得：

　□很有收穫　□有收穫　□收穫不多　□沒收穫

對我們的建議：＿＿＿＿＿＿＿＿＿＿＿＿＿＿＿＿＿＿＿＿＿＿

＿＿＿＿＿＿＿＿＿＿＿＿＿＿＿＿＿＿＿＿＿＿＿＿＿＿＿＿＿＿

＿＿＿＿＿＿＿＿＿＿＿＿＿＿＿＿＿＿＿＿＿＿＿＿＿＿＿＿＿＿

＿＿＿＿＿＿＿＿＿＿＿＿＿＿＿＿＿＿＿＿＿＿＿＿＿＿＿＿＿＿

11466
台北市內湖區瑞光路 76 巷 65 號 1 樓

秀威資訊科技股份有限公司　　　收

BOD 數位出版事業部

....

（請沿線對折寄回，謝謝！）

姓　　名：_____　年齡：_____　性別：□女　□男

郵遞區號：□□□□□

地　　址：_____

聯絡電話：(日) _____　(夜) _____

E-mail：_____